MIXTE
Papier issu de sources responsables
Paper from responsible sources
FSC® C105338

RÊVERIES

Mentions légales :

Cette œuvre est protégée par le droit d'auteur et strictement réservée à l'usage privé du client. Toute reproduction ou profit d'un tiers, à titre gratuit ou onéreux, de tout ou partie de cette œuvre, est strictement interdit et constitue une contrefaçon prévue par l'article L335-2 et suivants du code de la Propriété Intellectuelle. L'auteur se réserve le droit de poursuivre toute atteint à ses droits de Propriété Intellectuelle dans les juridictions civiles et pénales.

© 2021, Eliette Boutet

Dépôt légal : Janvier 2023

ISBN : 978-2-3224-6996-3

Couverture : Déborah Boutet

TABLE DES MATIÈRES

Papillon : …………………………….. 8

Le livre et la bougie………………… 26

L'arbre qui sifflait à l'oreille……….. 42

Papillon

Papillon, qui se sent seul et abandonné, a pour habitude de trouver des endroits ombragés afin de se mettre à l'abri des regards, choisissant à chaque fois de grands arbres majestueux aux feuilles larges et verdoyantes. Car Papillon n'aime pas ses ailes transparentes qu'il trouve fades et pense être si insignifiant que la solitude est sa meilleure amie.

C'est d'un regard triste que Papillon fixe l'horizon puisque les jours se suivent et se ressemblent ; les belles surprises et aventures ne font pas partie de son quotidien. Se redressant un peu, il aperçoit plus loin Coccinelle qui fait briller ses ailes énergiquement avec ses petites pattes. Il la regarde comme on regarderait un joli ballet ou une œuvre d'art. Mais Coccinelle est susceptible et perpétuellement de mauvaise humeur. Comme elle n'apprécie pas d'être observée, lance un regard noir à Papillon et sans ménagement lui dit :

— Pourquoi me regardes-tu ainsi ? Je sais que je suis de petite taille et cela est bien assez difficile à vivre pour moi au quotidien. Je dois être vigilante, toujours sur mes gardes parce que je suis une proie idéale. Evidemment, pour toi c'est facile, tu es si grand ! Mais ce n'est pas une raison pour te moquer de moi !

Papillon qui n'a pas l'habitude que l'on s'adresse à lui, innocemment tourne la tête à droite puis à gauche puis derrière…

— Hé ! C'est à toi que je m'adresse Papillon, insiste Coccinelle autoritaire.

— Oh non, je ne me moque pas de toi, répond timidement Papillon. Si je t'observe c'est parce que je suis en admiration devant la beauté de tes ailes, leurs couleurs sont si belles et éclatantes ! Tu dois en être très fière et je ne dois pas être le seul à te le dire. Ta petite taille n'est pas ce que l'on remarque en premier, je t'assure !

Machinalement, il déploie ses grandes ailes transparentes et Coccinelle stupéfaite, voit son reflet pour la toute première fois, comme dans un miroir. Elle se contemple pendant un instant, de face, de profil et agréablement surprise, prend conscience de son apparence. Elle se rend compte que la nature l'a plutôt bien gâtée. L'éclat de ses ailes contraste avec sa mine renfrognée qui lui donne un air méchant. *La vie est belle*, pense en elle-même Coccinelle, et *ma petite taille ne doit pas être un prétexte à ma mauvaise humeur et mon mauvais caractère*. Alors avec légèreté, elle s'envole joyeusement pour rejoindre tous ses amis mais avant de s'éloigner :

— Merci Papillon ! Grâce à toi je sais que je n'ai aucune raison d'être toujours en colère. Je suis petite et cette seule chose ne me donne pas le droit d'être aussi désagréable avec les autres. Au revoir Papillon, à un de ces jours.

Papillon ne comprend pas et reste là, triste, se sentant encore plus seul maintenant. Tout doucement la nuit arrive. Des milliers d'étoiles brillent dans le ciel et des lucioles virevoltent gaiement de ci de là non loin de lui. *Décidemment*, pense Papillon, *même dans le noir les autres sont éblouissants* ! Il n'y a aucune jalousie ou rancœur chez ce solitaire qui admire l'immensité de la voûte céleste et la danse incessante des étoiles filantes au rendez-vous. Papillon s'endort le cœur bien lourd. Peut-être que demain la vie lui offrira enfin un peu de réconfort…

Le soleil lentement, monte dans le ciel pendant que toute la nature sort de sa torpeur langoureusement. Papillon s'étire, fait sa toilette et comme toujours va boire un peu d'eau de la rivière et trouver de la nourriture à son goût aux alentours. Une fois son repas terminé, il va sans tarder choisir un grand arbre pour se poser dans le coin le plus sombre. Quand on est fade, il est bon de ne pas se montrer !

Aujourd'hui l'air est chargé d'humidité. Alors se croyant seul, Papillon ressent le besoin d'ouvrir ses ailes avec amplitude pour les secouer ce qui provoque une petite brise légère. L'Abeille plus loin, vole tranquillement quand elle a soudain l'impression de voir son double, cela la trouble énormément. L'instant d'après, elle panique lorsqu'elle aperçoit derrière son reflet, un frelon prêt à bondir sur elle. Rapide, l'Abeille évite de justesse le monstre qui la poursuit. Une minute trop tard et c'en était fait d'elle, le Bourdon sans aucune difficulté, n'en n'aurait fait qu'une bouchée. *Tant pis pour son repas, il va devoir trouver une autre victime*. Une fois la peur dissipée, l'Abeille cherche à comprendre ce qu'il vient de se passer. Aujourd'hui elle a bien failli perdre la vie et quand vous assistez à un miracle, il est difficile de continuer son chemin sans être secoué. Comme elle veut à tout prix élucider ce mystère, regarde autour d'elle, cherche et très vite rencontre Papillon toutes ailes déployées. Elles sont d'une si grande envergure que l'Abeille à nouveau voit son image se refléter.

— Décidément, j'ai beaucoup de chance, affirme l'Abeille à Papillon. Je te remercie, grâce à toi j'ai échappé au pire. La vie n'a pas de prix et la mienne n'aurait pas coûté chère à ce Bourdon toujours à l'affût et cela je te le dois. Je vais rejoindre mes amis et ma famille pour fêter ça et leur demander d'être prudents. Tout le monde n'a pas autant de veine que moi. Au revoir Papillon, à un de ces jours peut-être et merci encore.

Et l'Abeille s'en va laissant son sauveur malgré lui, seul et abattu ne sachant que faire pour sortir de sa solitude. La journée passe comme toutes les autres.

— Merci ? Merci de quoi ? Le monde est fou ! Conclut le solitaire à haute voix.

Parce que Papillon ne saisit pas pourquoi, toutes ces rencontres aussi brèves qu'un battement d'ailes ne lui apportent que sentiment d'abandon et mélancolie. Quel sens donner à sa vie quand on est seul sans personne à qui parler, sans ami ?

— Je n'ai aucune originalité, aucune couleur, je suis insipide et inintéressant. Je n'ai rien à raconter, ma vie est terne comme moi, alors pourquoi le monde s'attarderait avec un être aussi ordinaire ?

Autant de questions sans réponse pour l'être le plus seul au monde…

Il pleut il pleut bergère…Aujourd'hui, il décide de se promener et même de s'éloigner plus qu'à son habitude pour la première fois. La pluie fait sortir Papillon des bois…

La nature est flamboyante, verdoyante, éclatante avec ses couleurs, et le parfum des fleurs, de la terre et des arbres, emplissent la forêt. Le clapotis des gouttes de pluie sur les feuilles est comme une petite musique pour ne pas laisser la nature s'endormir pour toujours.

Rien n'est figé, rien n'est banal, personne ne peut rester indifférent devant autant de beauté. La Beauté, ce mot raisonne dans la tête du solitaire qui rêve, qui imagine sa vie, si cette dernière lui avait donné un peu de couleur, un peu d'éclat, un peu d'attention. À quoi bon se lamenter, il faut vivre, continuer à respirer, à entendre son cœur battre et ne plus se poser de questions puisque personne n'est là pour lui donner la moindre réponse, le moindre indice pour améliorer son existence.

La pluie a cessé de tomber. Le vent a pris le relai, chasse les nuages qui obscurcissent le ciel. Les rayons du soleil donnent à la nature un éclat particulier et la vie semble reprendre son cours. Papillon n'aime pas la lumière comme s'il avait peur qu'elle lui brûle les ailes. Il ne les chérit pas, mais en a tout de même besoin…

Engourdi par l'inaction, Papillon décide de faire un peu d'exercices. Il s'envole et revisite tous les coins sans trop s'éloigner de son endroit préféré, puis se pose sur une grosse pierre en partie recouverte de mousse, pour un repos bien mérité, car c'est la première fois qu'il vole aussi longtemps !

— Papillon, Papillon, peux-tu m'aider s'il te plaît ?

Papillon entend bien que quelqu'un l'appelle mais qui ? Ou alors c'est la folie qui le guette *! Il ne manque plus que ça !*

— Papillon regarde en bas sur ta droite, je suis le petit cloporte renversé sur mon dos. Si tu ne m'aides pas à me remettre sur mes pattes, je vais mourir, aide-moi s'il te plaît.

Papillon scrute le sol encore humide et aperçoit enfin le pauvre Cloporte en mauvaise posture qui agite ses pattes minuscules.

— Ne t'inquiète pas Cloporte je vais ouvrir mes ailes et comme tu es léger, tu te retourneras, alors prépare toi.

Papillon sans tarder déploie et fait battre ses grandes ailes ce qui permet au Cloporte de se retourner. Certes, le petit être a l'impression d'avoir fait un vol plané et se sent un peu étourdi mais maintenant il est tiré d'affaire et peut continuer son chemin.

— J'ai une carapace qui me protège bien, explique Cloporte, mais je suis léger et petit alors ce n'est pas toujours facile avec tous ces obstacles sur mon chemin, mais je m'en sors plutôt bien. Merci Papillon de m'avoir sauvé mais je dois vite repartir, j'ai pris beaucoup de retard, ma famille m'attend et doit se faire du souci pour moi. J'ai eu de la chance de te trouver sur ma route Papillon alors, merci, merci vraiment beaucoup.

Cloporte, tout menu s'enfonce dans l'herbe humide, laissant Papillon seul.

— Et voilà, j'ai l'impression de parler à des fantômes ! Ils disparaissent si vite, tellement occupés qu'ils sont ! S'ils veulent du temps je peux leur en donner moi, j'en ai à revendre ! Voilà que je parle tout seul maintenant ! Dit doucement Papillon sans aucune colère.

La nuit arrive, Papillon trouve l'endroit qui lui convient le mieux. Il s'installe confortablement et s'endort rapidement. Dans ses rêves, c'est toujours la même chose. Il est là, mais personne ne le voit, il crie mais personne ne l'entend ! Il cherche désespérément quelqu'un qui pourra l'aider à retrouver son chemin, mais c'est impossible bien sûr puisqu'il est invisible pour les autres. Et à chaque fois Papillon se réveille en sursaut, regarde autour de lui et conscient d'avoir fait un mauvais rêve se rendort le cœur lourd…

Papillon du matin chagrin, Papillon du soir désespoir, Papillon de nuit il fuit, Papillon malheureux dans sa vie trouve toujours un ami…

Coccinelle a une existence heureuse, légère, presque insouciante. Et pourtant elle a le sentiment qu'il lui manque quelque chose, un petit vide qu'elle n'arrive pas à combler et qui l'empêche de se sentir vraiment épanouie. Elle a beau se sentir enjouée dans sa nouvelle vie, elle ne comprend pas pourquoi elle a ce petit pincement au cœur.

— J'ai une famille, des amis, une vie agréable et je me sens bien dans mes ailes. Mes ailes ! Mais oui c'est ça, réalise à voix haute Coccinelle.

C'est grâce à Papillon qu'elle est aussi rayonnante maintenant. C'est lui qui lui a fait prendre conscience de ce qu'elle a de beau. Elle l'avait oublié tellement prise par le tourbillon de la vie. Alors Coccinelle décide de le rejoindre. Dans son souvenir, il semblait si triste et seul quand elle est partie. Sûre de pouvoir le retrouver, elle part sans attendre. Agile et efficace, elle fait confiance à son intuition et retourne à l'endroit où elle a vu Papillon la première fois, car elle est persuadée qu'il n'est pas du genre aventurier…

Papillon tente de rester éveillé, il lutte avec force mais ses yeux se ferment tout seuls car l'ennui prend le dessus. Alors il s'abandonne et finit par s'endormir.

Après une longue course, Coccinelle retrouve enfin le malheureux. L'image qu'il renvoie lui procure un sentiment de culpabilité, mais ce n'est pas le moment des regrets.

— Papillon, qu'est-ce que tu fais ? Réveille-toi s'il te plaît, ce n'est pas l'heure de dormir !

Elle vole autour de lui pour le réveiller, ce qui n'est pas chose facile. Le solitaire au grand cœur finit par ouvrir les yeux.

— C'est bien toi Coccinelle ? demande Papillon qui a un peu de mal à émerger.

— Oui c'est moi. Comment un grand Papillon comme toi passe son temps dans l'obscurité ?

— Tu me demandes pourquoi ? Tu n'as donc pas vu mes ailes ? Elles sont transparentes, presque invisibles, je suis si laid que je préfère rester dans l'ombre pour me cacher.

— Suis-moi Papillon, les actes valent mieux qu'un long discours et je vais te montrer ce que tu es le seul à ne pas voir !

Surpris, Papillon obéit sans sourciller. Il a peur mais se dit que pour une fois, il se passe quelque chose d'inattendu dans sa vie !

Coccinelle et Papillon côte à côte volent dans la lumière du jour et aujourd'hui le soleil est bien présent dans un ciel d'un bleu limpide.

Papillon prend peur !

— Coccinelle, regarde cet éclair, nous devons nous mettre à l'abri et vite si nous ne voulons pas être brûlés.

— Mais non idiot dit joyeusement Coccinelle ! Ce que tu vois, c'est la lumière de tes ailes. Elles sont éblouissantes et si lumineuses qu'elles nous montrent à tous le chemin. Tu ne dois pas avoir peur, tu dois être fier de ce que tu es et représentes. Tu n'es plus seul Papillon, regarde derrière toi, il y a l'Abeille, tu lui as sauvé la vie sans le savoir et en bas c'est Cloporte qui te fait un signe. Il est entouré d'autres créatures qui ont entendu parler de ta gentillesse et de la beauté de tes ailes.

La Beauté ! Papillon ne rêve pas, il n'imagine pas. C'est bien de ses ailes qu'il s'agit. Elles sont si brillantes qu'elles donnent l'impression de faire des étincelles. Pour la première fois de sa vie, Papillon se sent heureux, léger et fier. Que de temps perdu, de tristesse et de solitude pour lui qui se croyait insignifiant et qui pensait renvoyer l'image de la laideur !

Papillon prend son envol. *Il est temps de vivre, de découvrir et se découvrir.*

Oui, envole toi Papillon, tu ne dois pas avoir peur car il y a de la beauté en toi ! Il y a de la grâce, de la douceur et la couleur de l'humilité. Alors vole, vole Papillon, déploie tes jolies ailes !

Même si la crainte et le doute te font hésiter, lance-toi, libère-toi de tes chaînes et vis ta vie, tu le mérites plus que quiconque.

Papillon du matin Divin, Papillon du soir Espoir, Papillon qui sourit embellit sa Vie.

Le livre et la bougie

Liora vivait dans la maison qu'elle avait hérité de ses grands-parents. Les souvenirs de son enfance et adolescence étaient encore bien présents dans sa mémoire. Ces moments heureux et inoubliables étaient immortalisés dans son album photos qu'elle regardait de temps à autre. Il lui arrivait parfois de sentir le parfum agréable de sa grand-mère comme si elle était toujours là, près d'elle. Et à chaque fois, dans ces moments-là, elle ressentait une grande nostalgie et éprouvait un sentiment d'abandon. Elle était maintenant seule dans cette grande maison. Comme elle s'ennuyait, elle eut l'idée et l'envie de monter au grenier où elle n'était jamais allée. Une fois à l'intérieur, elle fureta un peu partout et trouva un énorme livre, grand, magnifique. Sa couverture marron était usée par le temps qui passe. Les motifs en relief couleur or sur le dessus, semblaient cacher un mystère. Liora décida de l'emporter dans sa chambre…

C'était l'été, la lune était bien ronde et si brillante dans l'immensité du ciel, que la jeune femme semblait être hypnotisée par elle. Des milliers d'étoiles gravitaient autour de l'astre que rien ne pouvait supplanter. Rien, sauf le livre qui était là sur le lit et qui attendait patiemment d'être ouvert. Elle respira profondément. C'était une belle nuit, et ce soir-là, Liora perçut quelque chose d'inhabituel ; une atmosphère étrange régnait, car pour la première fois, la jeune femme avait l'impression d'être hors du temps et du monde qui l'entourait. Pour apporter plus de magie à ce qu'elle ressentait déjà si fortement, elle alluma dans le verre doré posé sur sa table de chevet, une bougie, puis prit le livre et s'installa confortablement sur son lit.

— Alors qu'elle histoire vas-tu me raconter toi ? Questionna Liora comme si elle s'adressait à une personne.

Elle ouvrit le livre, et à sa grande surprise, ne comprenait rien à ce qui était écrit. Des traits, qui montaient, qui descendaient, des boucles, des formes presque carrées. Des lettres ouvertes, d'autres fermées. Elle tournait les pages jaunies une à une et regardait ces signes étranges sans pouvoir les déchiffrer. La magie avait-elle disparu ? Elle s'apprêtait à refermer le manuscrit, quand soudain, les symboles se mirent à danser devant ses yeux. On aurait dit des flammes qui grandissaient et se balançaient. Certains tournaient sur eux-mêmes, les boucles s'ouvraient puis se refermaient. Il lui semblait voir les partitions d'une musique accompagnée d'une chorégraphie bien maîtrisée. Au dehors, les grésillons des grillons lui firent penser à un métronome qui rythmait le tout. Liora regardait, émerveillée, la danse des mots qui faisaient la ronde joyeusement autour d'elle. Pendant un long moment, elle seule avait la chance d'être spectatrice de cet évènement hors du commun. Elle leva le bras lentement comme pour apprivoiser les lettres. Sa main s'approcha du premier mot qui s'éloigna, plus loin devant elle. Tous les autres le suivirent. Liora éprouva de la frustration à cause de son ignorance, car pour elle, il était évident que cet ancien manuscrit voulait communiquer. Il était là devant elle et n'attendait qu'une chose : c'est d'être lu, étudié, sondé. Mais malgré son inaptitude à percer le secret, la jeune femme éprouva un attachement particulier pour cette œuvre.

L'obscurité, la flamme de la bougie, l'écriture en mouvement à l'unisson semblaient être le début de la création du monde pour Liora. C'est du moins ce qu'elle ressentait…

Ce soir-là, elle ne trouva pas l'utilité de percer à tout prix ce qui était pour elle le plus grand des mystères. Alors Liora éteignit la bougie, referma le livre qu'elle garda tout près d'elle. Malgré la joie que lui procura cet instant magique, une certaine mélancolie s'empara d'elle. Allongée sur son lit, les yeux remplis de larmes, elle fixa le ciel. Ajoutés à sa frustration, elle ressentit une impression de vide, de solitude et de peur même. Pourquoi ce livre et pourquoi elle ? Pourquoi Liora se sentit ce soir-là toute petite devant l'immensité du ciel ? Pourquoi les mots dansèrent devant elle si joyeusement pour lui laisser ensuite cette grande tristesse. Toutes ses réflexions qui la tiraillaient ne devaient pas rester sans réponse. La jeune femme ne pouvait se contenter d'être seulement spectatrice, elle se devait de percer le mystère. Il n'était pas question de laisser du temps au temps. Non, cette fois c'était l'heure, le moment de grandir, de comprendre, d'aller au bout des choses. Cette fois Liora voulait, exigeait même, des réponses. Alors elle ralluma la bougie dans le verre doré et s'installa à nouveau confortablement dans son lit, reprit le livre et l'ouvrit. Elle savait qu'il était vain d'essayer de dormir et que la nuit serait sûrement longue. Elle avait conscience aussi qu'elle n'aurait peut-être pas assez d'une vie pour tout comprendre. Dans le silence de cette belle nuit d'été, Liora était seule. Cette fois, c'est tout le texte de la première page qui s'afficha devant ses yeux. Elle le fixa longuement. Soudain chaque lettre était remplacée par un chiffre puis revenait à sa forme initiale. Les mots se figèrent à nouveau, puis après de longues minutes, se dispersèrent comme une éclaboussure. Le temps semblait s'être arrêté. Liora n'osait plus bouger. Devant ses yeux, elle sut ce qu'était le néant, ce trou noir difficile à imaginer. Puis, au milieu de lui à sa grande surprise, elle vit le ciel, elle vit la terre puis la lune et le soleil. Les images une à une défilèrent lentement devant ses yeux. Elle vit son propre regard dans le trou noir. Elle vit ses larmes et ses souffrances. Comment se pouvait-il que ce livre soit le miroir, le reflet qui avait sondé le fond de son cœur et de son âme ? Liora prit peur.

Elle referma le manuscrit vivement, déambula dans la maison, le visage entre ses mains pour réfléchir et retrouver un peu de calme. Elle errait comme une âme en peine, ne sachant ce qu'elle devait comprendre. Elle seule devait trouver les réponses, elle en était convaincue. Il faisait nuit dans la maison, mais cette obscurité semblait être pour elle une protection, comme un châle autour de nos épaules que l'on enveloppe pour ne pas avoir froid. C'est avec un peu d'hésitation que Liora remonta dans sa chambre. Elle reprit le manuscrit et l'ouvrit.

La fenêtre était restée ouverte pour laisser un semblant de fraîcheur entrer dans la chambre. Dans la douceur de l'été, seules la lune et la bougie apportèrent à Liora un peu de clarté. Un nouveau texte apparut comme dans un brouillard. À cet instant, la jeune femme ne savait pas si elle devait se réjouir ou avoir peur. Peut-être avait-elle une influence sur ce grand livre ? Cette idée furtive lui sembla saugrenue et la fit sourire. Le brouillard s'estompa, mais des nuages noirs se bousculèrent, juste là devant ses yeux. Machinalement Liora avec ses mains les écarta tout doucement pour laisser place à la lumière. Et ce fut pour elle un moment de joie intense, sa vision des choses devenait plus claire, une révélation. C'était comme si elle sortait enfin des ténèbres dans lesquels elle avançait dans sa vie sans repère, sans but.

Elle ne saurait l'expliquer de façon rationnelle mais Liora si triste auparavant ressentit à cet instant une certaine quiétude. Pourtant, il ne suffit pas de balayer d'un revers de la main ses peurs et ses doutes. Et même si le mystère n'était toujours pas élucidé, Liora savait que le manuscrit était là pour elle, pour lui donner la direction à prendre, pour la guider. C'est elle qui devait prendre les décisions pour que les choses changent. L'obscurité puis la lumière, c'est comme la nuit qui laisse la place au jour.

Liora était épuisée. Cette fois, elle referma son livre et s'endormit rapidement. Son sommeil fut paisible et léger car elle avait la conviction que ce livre était bon…

La chaleur que lui procurait l'astre lumineux avait réveillé Liora tout en douceur. Elle se leva plus sereine qu'à l'accoutumée. Pendant les jours durant lesquels elle ne travaillait pas, elle sortait toute la journée pour combler un vide. Quelque chose lui manquait mais elle ne savait quoi. Comme pour tout le monde, la vie de Liora s'écoulait parfois avec de la joie et quelquefois de la peine.

Chacun dans ses réflexions cherche la ou les réponses, celles qui nous conviennent le mieux, qui nous semblent plus justes, plus vraies. Mais le sont-elles ? La jeune femme avait hâte de se retrouver dans son antre. Mettre en place ce rituel qui lui procurait une sensation de bien-être, de communion avec le grand livre tout en restant dans l'expectative. Ce paradoxe l'animait d'une énergie nouvelle, sa vie prenait une tournure différente. Elle avait envie d'approfondir, de faire une introspection, un retour en arrière pour mieux comprendre… Elle avait envie d'ouvrir le livre.

Le soir arriva enfin. Dans le ciel, la lune était là entourée d'étoiles aussi brillantes les unes que les autres. Liora ne se lassait pas de regarder le firmament la nuit tombée. La fenêtre grande ouverte, elle alluma la bougie dans le verre doré. Elle prit le grand livre, celui qui l'emmenait là où l'on ne peut aller seul. Assise confortablement dans son lit, elle ouvrit le manuscrit, cette œuvre mystérieuse qui n'a pas sa pareille. Un texte fit son apparition, resta un moment puis après plusieurs minutes, les lettres se déplacèrent comme pour former des anagrammes. Bien sûr Liora ne comprenait toujours pas mais ne pouvait détacher son regard. Les mots semblèrent s'enfoncer dans le trou noir et une série d'images qui paraissaient tellement réelles s'enchainèrent comme dans un film. Elle vit l'histoire de ce monde, la sagesse et les doutes, elle vit des hommes qui faisaient des rêves. Elle vit aussi la force du feu si redouté. Malgré son inaptitude à lire ce texte dont l'écriture lui était inconnue, elle pouvait ressentir, interpréter. Elle comprit que ces hommes et ces femmes étaient et feront partie de ce monde, de l'histoire des peuples. La foudre s'abattit sur la terre, des âmes errèrent, d'autres tombèrent, impuissantes. Liora perçut la magie de ces lettres et se sentit toujours profondément attachée à ce livre. C'était devenu son ami, son compagnon de voyage, son protecteur. Il ne se passait pas un jour sans qu'elle l'ouvre, dans un cérémonial qui lui apportait du réconfort. En lui, elle avait confiance.

Les jours passaient. Liora s'imprégna petit à petit de cette écriture. Si bien qu'une nuit alors qu'elle dormait profondément, elle se voyait lisant le livre. Elle comprenait, elle sentait le poids des mots, leur signification. Dans son rêve la lecture était fluide, facile.

Le temps ne changea rien à sa motivation. Liora avec l'humilité qui convenait dans ces moments consacrés à la lecture, avait décelé quelques bribes du message et sut alors qu'elle avait beaucoup à apprendre.

Dans sa vie, Liora trouvait du changement. Plus elle lisait le livre et plus elle prenait confiance en elle. Et plus elle prenait confiance en elle et plus elle vivait sa vie sereinement. Elle pensait que le monde et le livre ne faisaient qu'un. Que dans les pages jaunies par le temps, le passé, le présent et le futur se côtoyaient, se mélangeaient, se disputaient. La jeune femme fit des rencontres et comprit que ce manuscrit si unique, s'appropriait le monde. Il le possédait, le jugeait, le testait. Elle n'en finissait pas de découvrir à quel point il avait du pouvoir. Liora ressentit comme de la fierté à le posséder. Elle ne pouvait s'en détourner. Au fur et à mesure de son apprentissage, la jeune femme se posait des questions, et plus elle avait de réponses et plus d'autres questions s'imposaient. Le soir venu, seule dans sa chambre Liora alluma la bougie dans le verre doré. Elle ne pouvait lire le livre sans elle. Elle aimait regarder la petite flamme qui dansait devant ses yeux et l'aidait à faire communion. Le peu de clarté qu'elle apportait, suffisait à ajouter de la magie à ce moment si spécial et unique. La bougie faisait partie intégrante dans l'accomplissement de l'étude. Quelquefois, les petites choses prennent une grande place, de l'importance.

Rien ni personne ne pouvait empêcher la jeune femme d'accomplir ce qui devenait pour elle une nécessité. Le livre était ouvert. Il se racontait, laissant la lectrice interpréter. Et comme à chaque fois, les images du monde comme du ciel se succédèrent. Il fallait à Liora beaucoup de patience, de volonté, de courage pour poursuivre son apprentissage. Elle ne connaissait rien de plus difficile, de plus prenant, de plus déroutant surtout. Malgré les difficultés, la jeune femme appréciait cette connexion qui se faisait à chaque fois plus rapide.

Ce livre, ou plutôt Le livre qui raconte les temps anciens et ceux à venir. Une histoire sans fin à travers le monde et les âges. Ce livre, dont l'écriture à elle seule est imprégnée de magie. Qui n'a jamais entendu parler de cette œuvre, chef d'orchestre des nations et des hommes ? Ce manuscrit qui depuis des millénaires se transmet de génération en génération, traduit dans de nombreuses langues.

Liora n'aura de cesse de sonder la profondeur de ces textes. Elle savait que sa vie durant, elle ne quitterait plus cet ouvrage. Que pour elle, il était comme un phare dans la nuit, pour lui montrer le chemin. Il lui apprenait la sagesse, la compassion et surtout qu'il fallait savoir rester humble devant la perfection de ces écrits tant étudiés et si peu compris.

Même si la jeune femme avançait très lentement dans l'initiation des textes, elle savait que si elle, ne savait rien, lui savait peut-être tout, le début et la fin. Liora avait compris que les hommes avaient leur libre arbitre. Le livre lui dévoila cette petite chose qu'il était facile de comprendre. Mais le passé était écrit qui se mêlait au présent et qui, derrière cette écriture magique dissimulait certainement le futur. Liora savait que cet inconnu, l'invisible, pouvait interférer dans nos convictions les plus profondes et donner au monde une autre tournure.

C'est ce qui confère au grand Livre une dimension spirituelle, magique, surnaturelle, hors norme. Du moins, c'est ce que Liora ressentait…

L'arbre qui sifflait à l'oreille…

Certaines personnes de la ville trouvent agréable de laisser la voiture pour traverser à pied la petite prairie qui mène au parc, d'où les enfants peuvent jouer librement sous la surveillance des mamans. Des adultes viennent pour se détendre, en retrait, allongés sur la pelouse avec un bon livre à la main, quand d'autres discutent joyeusement ou jouent aux cartes…

Au beau milieu de la prairie, tout le monde peut admirer cet arbre énorme et gigantesque que beaucoup appellent Éternité, puisque vieux de plus de cinq cents ans, chose absolument incroyable ! Éternité, avec son tronc démesuré que personne n'arrive à entourer entièrement de ses deux bras, ses branches épaisses et ses jolies feuilles vertes au contour régulier font que l'on ne peut qu'être admiratif devant cette force de la nature.

Un jour, Eileen, une adolescente de quatorze ans, marche tranquillement dans la prairie quand soudain, elle entend un sifflement inhabituel. Surprise, elle ralentit sa marche et regarde autour d'elle. Rien de particulier n'attire son attention excepté le son qui paraît plus fort lorsqu'elle s'approche du grand arbre. Elle lève la tête pour admirer pendant un instant Éternité qu'elle trouve magnifique. Instinctivement, elle pose sa main sur le tronc et a l'étrange impression de ressentir des vibrations comme si quelqu'un vivait à l'intérieur. Éternité, pousse alors un sifflement qui ressemble plus à un chant d'oiseau avec une belle mélodie. C'est un choc pour Eileen car à ce moment précis, elle comprend ce que l'arbre lui dit. Prise de peur, l'adolescente court et plus loin, s'arrête longuement pour observer Éternité. Elle est si surprise et impressionnée qu'elle croit pendant un instant avoir fait un rêve. Car bien sûr, les arbres ne chantent pas et plus encore ne parlent pas. Eileen continue sa route d'un pas pressé et un peu perturbée, se demande s'il est nécessaire d'en parler à ses parents. Consciente qu'une chose pareille est difficile à croire, la jeune fille décide de ne rien dire pour l'instant. *Elle est peut-être atteinte d'une maladie mentale, ou alors c'est son imagination débordante qui lui joue des tours*, pense Eileen.

Le soir, ses parents la questionnent avec insistance parce qu'elle semble préoccupée. Puis dans son lit, la jeune fille se tourne et se retourne tant ce qu'il s'est passé l'après-midi l'a troublée. La nuit lui semble interminable ! Après avoir longuement réfléchi, l'adolescente prend la décision de retourner le lendemain près de l'arbre. Elle a besoin de réponses, de certitude pour retrouver un peu de calme. *Est-ce mon imagination ou la folie ... ?*

Il est quatorze heures, il fait un temps magnifique, la jeune fille décide de partir. Son cœur bat si fort, qu'elle a du mal à respirer. Dans son for intérieur, elle espère des réponses, bonnes ou mauvaises, elle sera au moins fixée. Et même si tout cela l'angoisse, restée dans l'incertitude est trop difficile à gérer pour elle.

Eileen, plutôt rêveuse aime s'enfermer dans sa chambre pour jouer du violon, instrument qu'elle affectionne tout particulièrement. C'est une jeune fille à l'allure bohème, qui aime la nature et les gens. Mais derrière son calme et son sourire, se cache une forte personnalité et une détermination à aller au fond des choses. Elle n'abandonne jamais facilement quand elle rencontre quelques difficultés. Animée de rêves et d'espoir, Eileen aime discuter, refaire le monde avec ses amis ou sa famille. C'est aussi une matheuse qui a besoin d'explications logiques qui ne laissent aucun doute. Son habitude de tout analyser agace parfois son entourage qui doit sans cesse tenter de répondre à ses questions. Même si elle se laisse aller parfois à la rêverie, son ambition de devenir médecin, son envie d'être là pour les autres, lui confère une entière confiance en elle. C'est l'objectif qu'elle s'est fixé qui lui donne cette volonté inébranlable. Si Eternité a choisi cette jeune fille, c'est sans aucun doute pour sa forte personnalité et son charisme et peut-être aussi, pour sa capacité à ressentir de l'empathie.

Eileen, le cœur battant, arrive non loin de l'arbre. Pendant un instant, elle reste immobile, examinant cette extraordinaire force de la nature. Elle essaie de se calmer comme elle peut quand soudain, Éternité siffle comme la première fois. C'est un sifflement doux, agréable qui suggère à la jeune fille de s'approcher et de poser sa main sur le tronc. C'est avec un peu d'hésitation qu'elle s'exécute.

— Les arbres les plus anciens transmettent leur savoir aux autres arbres. Nous ne voulons pas perdre le fil de la civilisation. Et surtout, il est temps pour nous, pour vous, que le monde se réveille. Ferme les yeux Eileen, lui demande Éternité et regarde, n'aies pas peur, je ne te veux aucun mal.

La jeune fille surprise d'entendre Éternité l'appeler par son prénom recule un peu. L'arbre se remet à siffler plus doucement et Eileen comprend et repose sa main sur le tronc. De la télépathie entre un arbre et une adolescente.

— Tu vois, lui dit Éternité, je suis là depuis bien longtemps et malheureusement, les Hommes n'ont pas changé. Alors, je veux te montrer à toi et tes semblables ce que vous ne voyez que dans les films, mais vivre les choses pour de vrai prend une autre dimension. Ce n'est pas une leçon de morale, mais une prise de conscience. Ferme les yeux et regarde, surtout reste en connexion avec moi, il ne t'arrivera rien.

Obéissante, Eileen ferme les yeux et à côté d'elle, des hommes esclaves enchaînés comme des bêtes, attendent de savoir qui sera le plus offrant pour les acheter. L'adolescente est si près d'eux qu'elle peut sentir la détresse, l'humiliation et la peine de ces personnes sans défense. Difficile de dire qui est le plus médiocre ; ceux qui les vendent ou ceux qui les achètent. Eileen voudrait pouvoir crier mais aucun ne l'entendrait alors, elle regarde avec frustration des

Hommes rabaisser d'autres Hommes juste parce qu'ils ont la peau noire. Les acheteurs marchandent sans scrupule ni honte et sont même fiers de leurs achats, certains d'avoir fait une bonne affaire. La jeune fille a déjà vu ce genre de scènes dans un film, mais être présente sur les lieux, pendant ce commerce infâme, lui serre le cœur. Elle peut sentir la fierté des uns et la douleur morale et physique des autres, d'être rabaissés, traités comme des animaux. Elle voudrait hurler ; « Vous devriez avoir honte, bandits à la peau blanche ! Qui êtes-vous pour traiter vos semblables ainsi ? » Puis Eileen change de lieu et se trouve au beau milieu d'une bataille sanglante. Les hommes se battent comme des sauvages. L'épée dans une main et le bouclier dans l'autre pour se protéger ou foncer sur l'adversaire. Ils rendent les coups pour se défendre mais aussi pour tuer. Des hommes çà et là ensanglantés qui agonisent, laissent échapper des râles, quand d'autres mutilés ont perdu la vie. Un combattant pousse un cri tout en enfonçant sa lourde lame dans le ventre de son ennemi. Il y a de la fureur dans son regard, de la haine. Un autre décapite d'un seul coup d'épée, un homme, les genoux à terre. L'adolescente tourne la tête pour ne pas voir, bien assez dégoûtée par la vue de cette boucherie humaine. *Mais pourquoi, à quoi sert tout cela ?* Elle marche entre des corps déchiquetés. L'odeur nauséabonde du sang lui donne la nausée. *La barbarie pour des barbares, des sauvages,* pense en elle-même Eileen.

La scène se déroule rapidement même si l'adolescente a l'impression que cette bataille dure des heures. Elle rouvre les yeux. Le parfum des fleurs, de la végétation dans la prairie masque petit à petit, l'odeur du sang. Mais pendant un instant, elle reste figée comme si ses membres étaient paralysés, même les mots n'arrivent pas jusqu'à sa bouche.

— Si je te permets de voir ces choses du passé, c'est parce qu'il est important que tu voies ce qu'est une guerre. Je sais que c'est difficile à regarder, mais tellement nécessaire, derrière un écran de télévision ce n'est pas la même chose. Malheureusement, les êtres humains sont capables de beaucoup d'intelligence mais tout autant de bêtises, ils sont aussi capables du meilleur comme du pire. Et même si les Hommes sont toujours des Hommes, le mode opératoire pour tuer change. Nous allons faire un saut dans le temps, alors ferme encore les yeux et regarde, tu ne risques rien. D'autres situations détestables existaient déjà avant ce que tu viens de découvrir.

Eileen a l'impression de s'être déplacée, elle est maintenant entourée d'hommes en habits militaires qui parlent une autre langue que la sienne. Ils obligent des gens à monter dans des trains et les entassent comme du bétail pour une destination qui ne présage rien de bon. Elle est profondément touchée par les regards tristes de ces personnes qui ne savent pas ce que l'on va faire d'eux. Et plus encore, quand elle voit un enfant sourire parce qu'il pense faire un beau voyage. Scène qu'elle a déjà vue dans des reportages, mais être au cœur de ce drame la bouleverse. Dans le ciel, des avions militaires se font entendre ainsi que des canons plus loin. L'adolescente, au milieu de l'absurde continue d'avancer. Puis le décor change. Dans une pièce aux murs gris et sales, un homme attaché sur une chaise, les yeux bandés est torturé. Le prisonnier en sueur, crie de douleur. Qui sont les gentils ou les méchants ? Quelle importance ? Qu'est-ce que cela apporterait de le savoir au final ? Puisque de toute façon rien ne change ! Ce qu'elle comprend, c'est que les Hommes peuvent faire preuve d'une grande sauvagerie. Dans des situations difficiles, ils sont capables du pire. C'est le plus fort contre le plus faible et c'est tout. Elle est comme un fantôme qui voit et qui peut ressentir toute la souffrance et la peur sans être vue. Spectatrice et témoin de situations passées aussi impressionnantes et écœurantes les unes que les autres. Sans interruption, Eileen participe passivement à toute la misère de ce monde. Un monde qui se décompose, un monde qui semble avoir perdu toute rationalité. D'une minute à l'autre l'ambiance change, les situations s'enchaînent, toutes différentes, mais la laideur, elle, ne disparaît pas, elle évolue. La jeune fille sent maintenant la terre trembler sous ses pieds quand la bombe explose laissant échapper un gigantesque champignon de fumée qui tue des milliers de gens sans distinction aucune. Des scènes horribles défilent devant ses yeux, et ce partout dans le monde, passant d'une période à l'autre. Elles montrent l'évolution des outils meurtriers, que l'Homme est capable d'inventer pour arriver à ses fins. *Jusqu'où irons-nous ?* se dit-elle.

Eileen ouvre les yeux, éprouve le besoin de comprendre pourquoi Éternité lui impose toutes ces horreurs, cette cruauté. Et pourquoi elle ? L'arbre répond sans aucun détour.

— Tu n'es pas la seule, partout dans le monde il y a un arbre comme moi qui choisit une personne, comme je l'ai fait avec toi. Tu as une belle et forte personnalité, un caractère qui te poussera à agir pour ton bien et celui des autres et aussi parce que tu aimes et respectes la nature. C'est toutes les générations confondues et celles à venir qui ont la lourde tâche de remettre un peu d'humanité dans ce monde devenu individualiste et qui ne pense qu'au profit aux dépens des autres et même de la Terre. Mais bien sûr il ne faut pas attendre de devenir grand ou de devenir trop vieux. Tu as une tête, alors réfléchis. Tu as une voix, alors fais toi entendre. Dis à tes amis qui veulent savoir, de venir près de l'arbre, car l'union fait la force et certains n'ont pas l'air de comprendre ou font semblant. Mais je n'ai pas terminé alors ferme les yeux et bientôt tu pourras rentrer chez toi. Á travers moi, tu vis les choses, certes en spectatrice, mais tu es là parmi tous ces gens, tu peux voir la horreur de près dans toutes ces situations détestables. C'est différent de savoir ce qu'est réellement une personne en souffrance, une personne qui ne mérite pas ce qui lui arrive quand tu vis les choses de l'intérieur, quand tu es témoin. Ce pourrait être toi ou quelqu'un de ta famille. Tu peux sentir l'odeur du sang, de la peur. Tu peux voir la rage et la haine mais aussi la détresse et le désespoir.

      Eileen en toute confiance obéit à Éternité. Assise au bord d'un étang entouré d'arbres, elle sourit à la vue d'une petite famille de canards qui glisse sur l'eau claire. Elle entend les chants des oiseaux, le croassement des grenouilles. Que la nature est belle ! Elle respire profondément le grand air. Le ciel est d'un bleu pur, ce lieu apaisant lui accorde pendant un instant, un moment de répit. Puis elle avance lentement vers l'intérieur de la forêt, et prend le temps de contempler cette belle végétation. Des animaux de toutes sortes, des cerfs, des sangliers et d'autres espèces dont elle ignore encore le nom, vivent là en toute liberté.

C'est rassurant de savoir qu'il y a dans ce monde de belles choses, de beaux paysages et que certains font tout pour les préserver, se dévouent pour que ce monde-là puisse s'épanouir et grandir à son rythme.

Eileen plus sereine continue sa route au milieu du bois et apprécie tous les parfums qui se mélangent les uns aux autres. Puis elle s'arrête quand il lui semble percevoir des bruits de moteurs. Très vite approchent des monstres de fer qui arrachent tout sur leur passage et obligent les animaux à se sauver. Assise l'instant d'après à côté d'un conducteur d'engin qui exécute les ordres, l'adolescente voit les racines des arbres se soulever. C'est la désolation ! La nature est détruite pour laisser place au béton. Là des autoroutes et puis des maisons et autres constructions, un peu partout. Bien que submergée par l'émotion, la jeune fille continue de regarder. Que peut-elle faire ? Elle qui est là, pour observer, téléportée dans différents lieux, à différentes époques, sans transition, comme si Éternité ne voulait pas perdre de temps. La belle et éblouissante nature a disparu, rayée de la carte, comme ça. L'Homme prend possession de ce qui ne lui appartient pas. Eternité sent bien le désarroi d'Eileen, mais lui demande de ne pas se déconnecter de lui pour connaître l'histoire du passé sans oublier le présent…

L'adolescente se trouve maintenant dans une grande ville dynamique. Il fait beau, les terrasses des cafés sont bondées. Des jeunes gens et des jeunes filles attablés rient avec insouciance quand d'autres font leurs achats, soudain non loin de là, un bâtiment explose ! La panique s'installe très vite. Personne ne comprend sur le moment ce qu'il vient de se passer, c'est la sidération. L'effondrement de la bâtisse provoque un grand bruit. Un épais nuage de poussière apparaît. Puis petit à petit, l'air est plus clair et respirable. Les personnes qui ont échappé au pire courent vers les blessés et pleurent devant des corps sans vie sous les gravats. C'est la stupeur et l'incompréhension la plus totale. Pourquoi tant de haine et tuer, blesser des innocents qui seront meurtris jusqu'à la fin de leur vie ?

Le monde devient fou ! Mais la nature aussi se révolte. Rien ne peut arrêter les éléments qui se déchaînent, comme pour dire aux Hommes, ça suffit !

Eileen les pieds dans l'eau puis dans un torrent de boue, regarde des maisons s'inonder, des voitures emportées, des arbres arrachés ainsi que des poteaux électriques… Rien ne peut résister à la force du torrent, au souffle du vent violent. Quand ce n'est pas les tornades qui détruisent tout sur leur passage. Plus loin tout est calme. L'adolescente marche tranquillement mais elle sait maintenant que rien ne dure. Elle ne connaît pas l'endroit, ni dans quel pays elle se trouve. De toute façon peu importe, personne n'est épargné. Elle regarde les gens qui passent, qui travaillent, des voitures qui vont et qui viennent quand subitement la terre se met à trembler. Elle voit le sol s'ouvrir par endroit et des habitants qui, quelques minutes plus tôt, marchaient tranquillement, courent maintenant dans tous les sens, poussent des cris de terreur. Certains tombent, d'autres sont écrasés par les bâtiments qui s'écroulent. Elle a peur de tomber elle aussi. C'est le chaos. La jeune fille entend les hurlements, les pleurs, la terre tremble. Elle se fiche du mal qu'elle peut faire. Elle tremble encore et encore. Une fois le calme revenu, les personnes terrifiées, instinctivement se rapprochent les unes des autres, restent ensemble dans les rues. *C'est drôle* constate Eileen, *il faut une catastrophe pour que les gens se réunissent alors qu'ils ne se connaissent pas*. Impuissants, ils regardent avec effroi les habitations entièrement détruites et les corps sans vie. Certains errent comme des fantômes, quand d'autres crient le nom d'un proche soudain disparu. C'est la consternation. La jeune fille voudrait faire quelque chose, aider, mais elle ne peut pas, alors elle avance, invisible.

La nature se déchaîne, dévaste tout sur son passage. Comme les Hommes, elle n'a aucun scrupule, aucun sentiment de culpabilité, aucune honte avec sa force destructrice. Elle démolit les villes, tue des innocents. Elle se venge. Eileen continue sa route un peu malgré elle, dans un pays qui semble paradisiaque. Le soleil, les palmiers, puis cette vague immense qui avance inexorablement sans laisser la moindre chance à quiconque se trouve sur son passage. Des personnes ont la présence d'esprit de monter tout en haut des immeubles ou à l'étage des maisons. Mais parfois ce n'est pas suffisant, alors les victimes sont entraînées dans ce tsunami d'où elles n'en ressortiront pas vivantes. Le bruit est aussi effrayant que ces litres d'eau qui fracassent tout sur leur passage. Des corps flottent, d'autres sont emportés au large. Tout est dévasté. Le temps semble s'écouler lentement pour cette population qui essaie de résister par instinct de survie. Puis, peu à peu le calme revient. Des habitants, sous le choc, ont du mal à réaliser et se demandent comment ils sont encore en vie. Ils déambulent l'air hagard. Le traumatisme est tel qu'ils n'oublieront pas de sitôt cette scène qui malheureusement se reproduira ailleurs dans d'autres pays…

Même si le monde continue de tourner, même si des Hommes sont toujours réduits à l'esclavage, même si les guerres et les catastrophes sont elles aussi d'actualité et même si la mer et ceux qui vivent dans les profondeurs ne sont pas épargnés, eux aussi, victimes de la négligence et l'indifférence des Hommes, Éternité décide d'arrêter ses visions poignantes.

— Voilà Eileen ce qu'il se passe dans le monde, depuis la nuit des temps. Tu n'es pas responsable, mais il est important que vous preniez enfin conscience de ce que vous avez et de ce que vous perdrez si vous ne réagissez pas. Si vous vous laissez aller à prendre les choses comme elles viennent sans se poser de questions, sans réagir. Discuter c'est bien, donner son avis aussi, mais ce qui compte ce sont les actes. Les hommes et les femmes qui ont un certain pouvoir, prennent leurs aises sans se soucier des générations futures. Ils se réunissent pour se mettre d'accord, pendant des mois, des années pour se concerter pendant que le monde continue de tourner à l'envers. Combien de temps encore ? Qu'elle catastrophe faut-il pour qu'ils agissent enfin ? Ont-ils vraiment envie que les choses changent tant qu'ils sont encore là ?

Eileen écoute encore Éternité et comprend bien le message que l'arbre tente de lui passer. Elle a vu les horreurs du passé, elle sait plus ou moins les drames du présent, mais elle ne connaît pas l'avenir. Ce qui est sûr et elle en est convaincue, c'est que les choses doivent changer et que chacun, à son niveau, est responsable. Une petite action, tous les jours, des uns et des autres, aideront à améliorer les choses. Bien sûr, ce n'est certes pas suffisant mais tout le monde devrait dans son quotidien se sentir concerné, faire de son mieux : moins d'individualisme, plus de respect envers la nature et les Hommes et la liste est longue... *Mais il n'est jamais trop tard pour bien faire, avec les réseaux sociaux, nous pouvons inverser la tendance en se mobilisant pour montrer que tout est possible. Rien n'est figé, tout peut s'améliorer avec de la bonne volonté, ensemble nous pouvons faire évoluer les choses car l'avenir est devant nous et cette seule raison doit nous donner le courage, l'enthousiasme et la motivation pour avancer dans la bonne direction, dans ce monde qui est en train de perdre son humanité.*

Eileen se sent capable de tenir cet engagement. Elle fait partie de ces personnes qui refusent de vivre dans un monde où la justice, la compassion, et le respect sont inexistants. Elle ne veut pas ressentir de la honte quand plus tard, elle regardera en arrière en se disant que dans sa vie, elle n'a rien fait de bien. Elle sait que tous les Hommes sont égaux, oui ça elle le sait. Personne n'a le droit de le contester.

La jeune fille reste immobile, ébranlée par ces démonstrations d'horreur et de souffrance. Un peu perturbée et triste, elle s'apprête à partir. Éternité lui demande de poser une dernière fois sa main sur le tronc pour laisser entrer dans son esprit ce dernier message.

— La médecine évolue pour le bien de tous, des tas de belles choses sont inventées ou réalisées. Heureusement certaines personnes sont capables de ressentir de l'empathie, refusent la violence sous toutes ses formes. elles n'ont pas cette idée honteuse de croire qu'elles sont supérieures mais au contraire, savent se montrer modestes… Il ne faut surtout pas oublier Eileen. Les Hommes sont intelligents, certains sont animés d'une bonne volonté. Ils font tout ce qui est en leur pouvoir pour aider, épauler et agir en conséquence. Je ne suis pas là pour faire la morale Eileen, seulement les Hommes ont pris possession de la Terre qui ne leur appartient pas. De la même manière que l'on demande à un enfant d'avoir du respect envers les choses et les gens, les Hommes ont oublié de respecter celle qui les nourrit avec toutes les merveilles qu'elle possède. L'être humain est ainsi fait ; il se croit tout permis et semble oublier qu'il est seulement de passage, l'instant d'une vie. La terre n'appartient à personne. Vous êtes tous des locataires Eileen, rien de plus ! N'oublie pas, la nature n'a pas besoin de vous, c'est vous qui avez besoin d'elle.

© 2021, Eliette Boutet

Édition : BoD – Books on Demand,
info@bod.fr
Impression : BoD – Books on Demand,
In de Tarpen 42, Norderstedt (Allemagne)
Impression à la demande

ISBN : 978-2-3224-6996-3

Dépôt légal : Janvier 2023

Couverture : Déborah Boutet.